청춘로맨스

미울 글 · BV 그림

청춘로맨스

5. 빛이 될 수 있기를

예담

오소민(24)

M대 CMD학과
4학년
148cm
7월 24일
O형
부모님, 오빠

유연태(20)

M대 CMD학과
1학년
185cm
7월 31일
O형
부모님, 형, 누나

박율미(23)

M대 CMD학과
3학년
167cm
5월 23일
B형
부모님, 여동생

정욱채(23)

M대 CMD학과
휴학 중
172cm
11월 20일
O형
어머니, 남동생

주혜리(23)

M대 CMD학과
3학년
160cm
3월 14일
O형
부모님

윤화운(26)

M대 CMD학과
4학년
182cm
12월 14일
AB형
부모님, 누나

정교진(37)

M대 디자인학부 교수
174cm
6월 30일
A형
부모님, 누나, 여동생

차례

69
빛이 될 수 있기를

……

태성 선배,

저…

부탁이 있는데요…

색색의 전구들과

때 이른
크리스마스 장식들이

학교를 장식해갔다.

그와 달리
혜리는

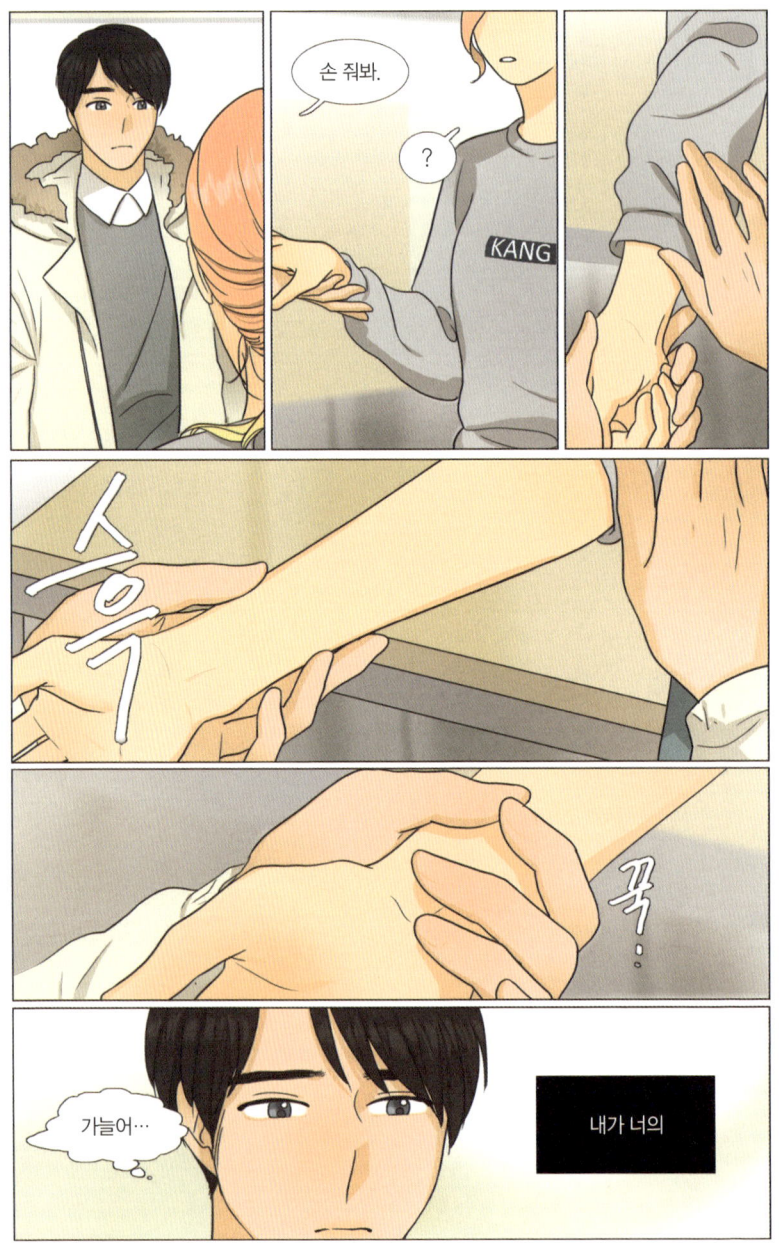

마음의 문을
열려면

하하하,
농담이야.

내일 점등식 끝나고
맛있는 거 먹으러 가자.

수

생크림도 올라간

그런 것도 먹고
케이크도 먹고…

완전 칼로리 높고
살찌는 그런 거.

그리고
카페도 가서…

시럽 완전
많이 들어가고

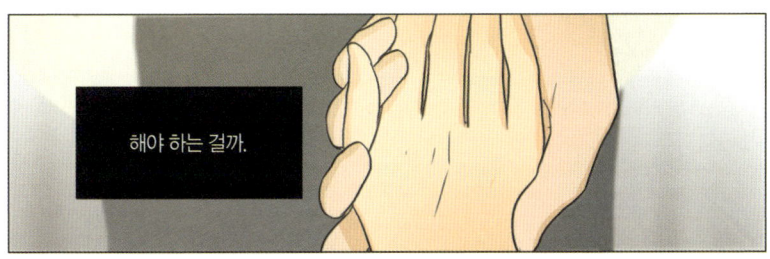

해야 하는 걸까.

잠도 얼마 자지 못한 채

점등식 아침이 밝아왔다.

그 말은 곧
화운 선배가

3일 후면 출국한다는
이야기이다.

Today's 율미

오늘은 오후 수업부터 있는 날이라
좀 느긋합니다.

팀원도 슬슬 점찍어 둬야겠죠.

나 에펙학줄 알아
프리미어도 조금...
정말요?
응 뭐..

오늘 점심은 빵.
단맛의 빵을 좋아해요.

동생을 놀리는 건 항상 즐거워요.

삐꼼
뭐봐??
......
부들

혜리는 반응이 재미있어요.

오늘
예쁘네
엉??

자기 전에 간단하게 일기를 씁니다.

슬슬 졸작 준비에 들어가야 해서
수업을 열심히 듣습니다.

팀장으로 기획을 해보고 싶어요.

머리만 대면 자는 편이라
일기 쓰다 잠드는 날도 허다해요.

쿠우
쿠우

♥
70

점등식 1

예쁜 옷도
좀 입고 가!

내가 오늘 너
불꽃놀이 배경 아래서

인생사진
찍어준다.

사진…

짝특

꼬십ㅂ

쿵!

쿵!

그 맹한 얼굴
좀 그만하고!

아의!

아 내러티브 이론 시험
어려울 것 같아…

그래도 다음 주 시험들
끝내면 종강이네.

그러게…
시간 빠르다.

아, 혜리야.

너 이제 화운 선배 만날 거지?

아, 응…

오랜만에 이쁘게 입은 거 선배한테 잘 좀 보여줘.

난 잠깐 누구 좀 만나고 올게!

어… 누구?

몰라도 돼!

탓탓

혜리야!

진짜?
그럴래?

팸플릿
여기다가
넣어뒀던 것
같은데…

뒤적

뒤적

아까 다른 친구한테
다 주지 않았어요?

아냐.
남겨뒀었는데…

안주머니
봐봐요.

누가 봐도
보기 좋은 커플.

스윽

……

속닥

헤리야 너
무슨 일 있니?

얼굴색도
안 좋아 보이고…

살도 좀
빠진 것 같은데.

아…
음…

71

점등식 2

박율미

안녕하세요 선배님 저
혜리 친구 박율미입니다

7시~8시 기념관 앞
9시 도서관 앞

이렇게 학생회가
이동할 거라고 해요.

이곳들 피해서
다녀주시면

혜리가 그 만나기 싫은
사람하고 안 만날 수
있을 것 같아요.

잘 부탁
드리겠습니다.

헤리야.

학관 쪽으로 가 있자.

사람 많은 데 싫어하잖아.

여기 안 있고요…?

이따가 행사 시작하면 다시 오면 되지.

아, 네…

…왜 제 발로
찾아오고 그래?

모른 척
피해줬더니.

그…

얘기를…

…얘기?
무슨 얘기?

모르겠어.

널 보자마자
몸이 저절로 움직였어.

사과를 하고 싶은 것도

받고 싶은 것도 아닌데

대체
무슨 이야기를…

삐익—

곧 점등식 행사를
시작할 예정입니다.

학생 여러분께서는 기념관
트리 앞으로 모여주세요.

촛불과 간단한 다과를
나눠드릴 예정입니다.

그런데 니가…

72

점등식 3

065

졸업식 때도
대놓고 피하더라.

그걸 보고 이제 니가
내 전화는 안 받겠구나
싶었어.

신경 쓰지 말자고
생각했지.

넌
대학도 잘 갔고

난 가고 싶던
대학을 다 떨어져서

바로 재수를
시작했으니까…
바빴거든.

하아…

보다시피
K대에 붙었지.

죽어라 공부해서

그제야
다시 떠올랐어.

너한테
사과해야겠다는 생각이.

1년 만에
전화를 걸었지.

하.

그런데…

학원강사 할 생각
없냐고 묻고 있었지.

…난 기분이 너무
더러워졌어. 이상하지?

072

…난 평생

널 못 이길 거라는
생각이 들었어.

이상하게 계속
눈물이 나더라.

원하던 대학에
입학하고

새 친구를 사귀어
웃고 떠들어봐도

나는

현경이가 나보다 훨씬
큰 사람이라고 생각했다.

나보다 멋있고
못하는 게 없고

친구도 많고 마음도 넓은
그런 존재라고 생각했다.

그렇게
생각하며

너에게 필요 이상으로
기대고 있었기에

네가 무너지자

난 너에 대해

나도
무너진 것이다.

정말 아무 것도
모르고 있었구나.

너도
나와 똑같이

상처받기 쉬운,
약한 사람일 뿐이었구나.

머짓ㅅ

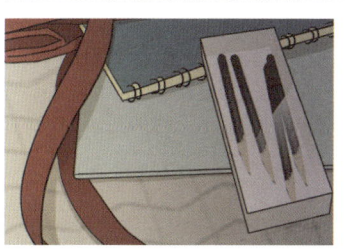

♥

73

점등식,
그리고 끝

선배

저는…

힘든 기억들로 닫혀 있는
너의 마음이

쉽게 열리리란 생각은
애초에 하지 않았다.

그게 쉬웠다면,

네가 이렇게 힘들어
하지도 않았겠지.

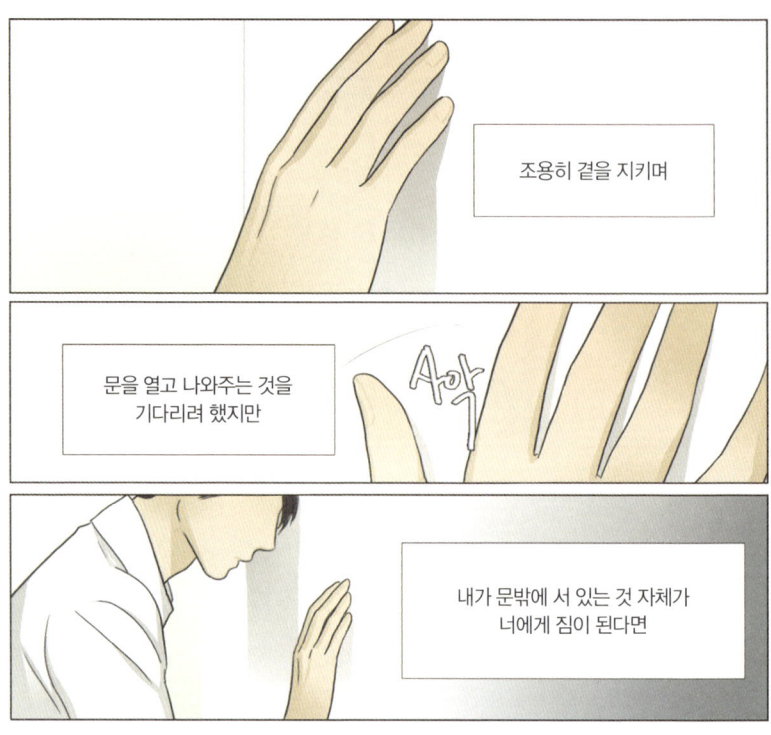

조용히 곁을 지키며

문을 열고 나와주는 것을
기다리려 했지만

A악

내가 문밖에 서 있는 것 자체가
너에게 짐이 된다면

차라리…

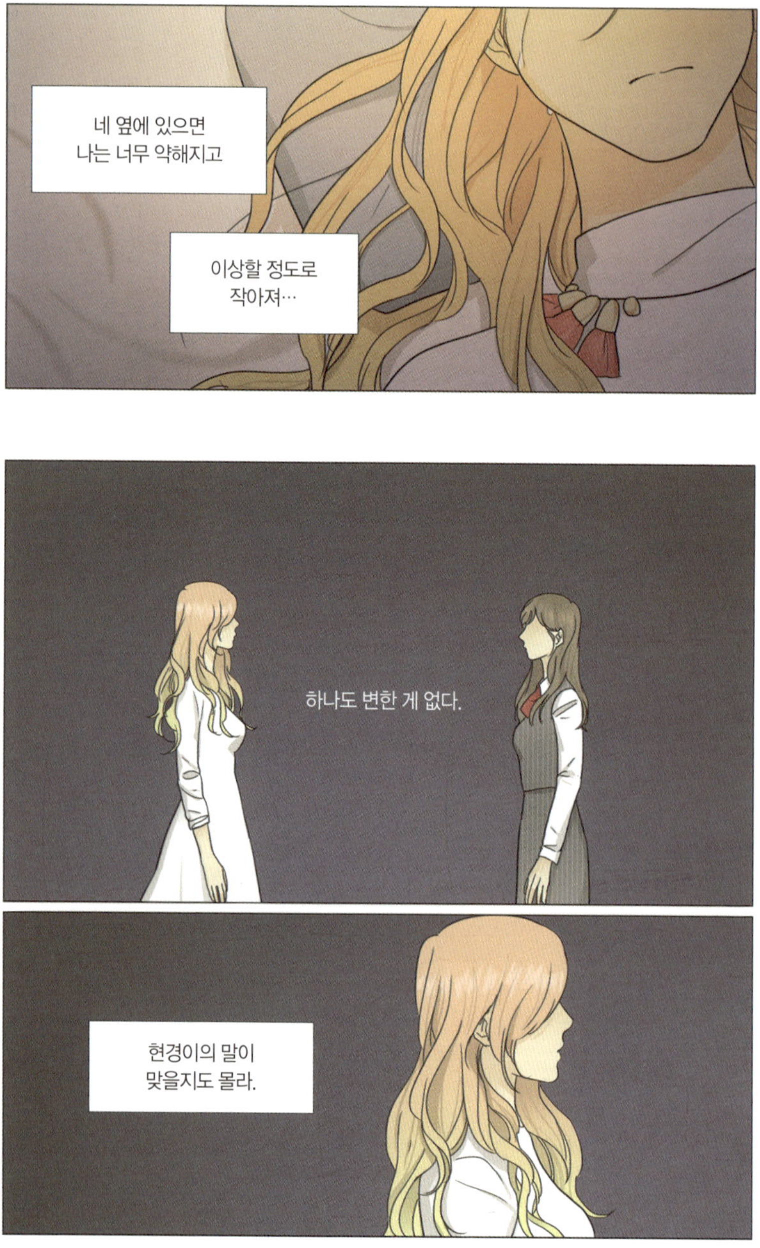

네 옆에 있으면
나는 너무 약해지고

이상할 정도로
작아져…

하나도 변한 게 없다.

현경이의 말이
맞을지도 몰라.

내가 뭘 잘못했는지
모르겠다고 하면서

마음속으로…

날 이렇게 만든 건
내 주변 사람들이라는
생각만 하고 있던 건 아닐까?

겉으로는
노력하는 척

다른 사람들이 도와주는 것을
받기만 하고…

결국 여전히

과거에 붙잡힌 채…
상처를 꽁꽁 싸매놓고는

또 다칠까봐

끌어안고 있기만
했던 건 아닐까?

내가 정말 노력하긴 한 걸까?

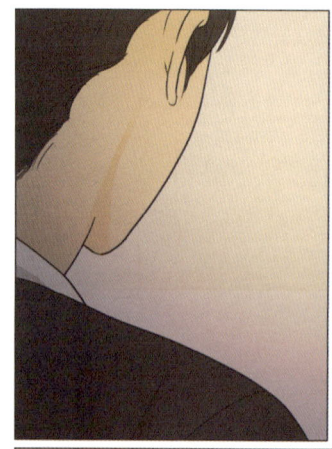

난 분명 화운 선배를 좋아한다.

하지만

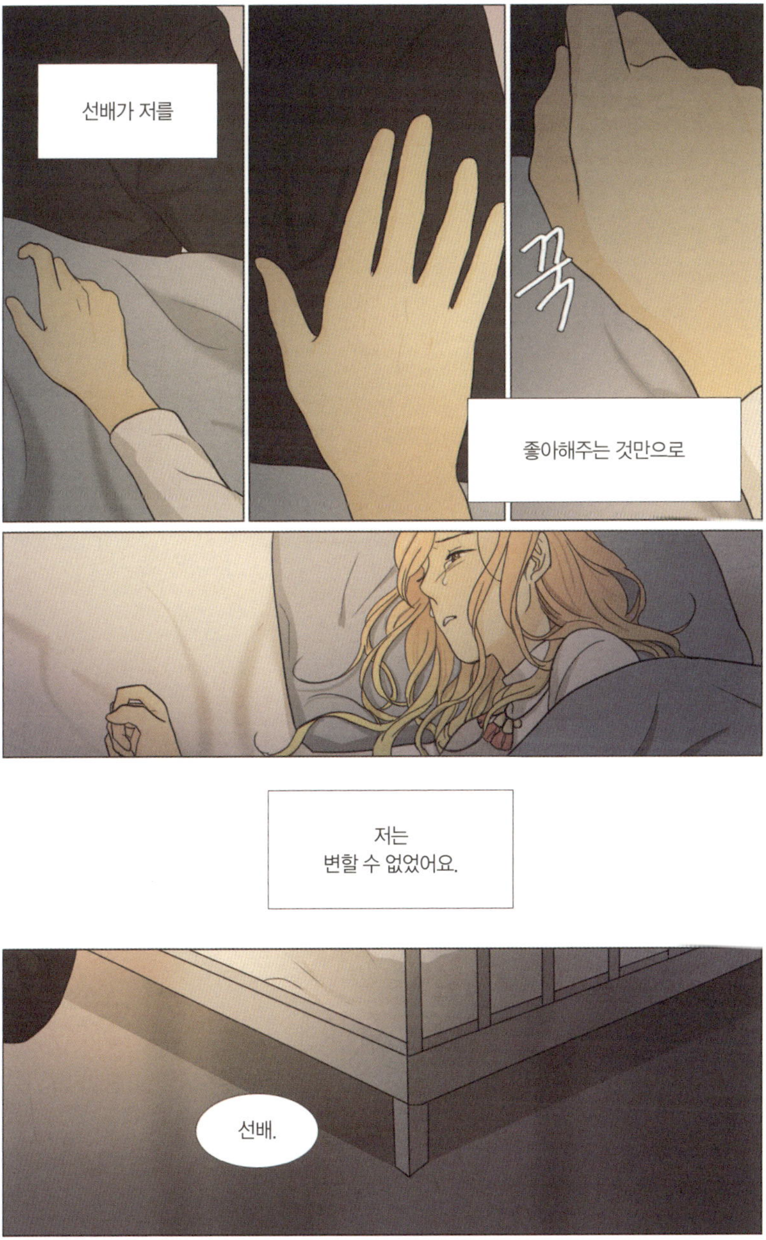

선배가 저를

좋아해주는 것만으로

저는
변할 수 없었어요.

선배.

일어났어?

선배…

병원 데려가려다가
일단 여기로 왔어.

과로나 빈혈
같다고 하셔서

일단 좀 쉬고
병원에…

…응?

죄송해요.
…전…

가슴이

찢어지는 듯한 통증.

퍼엉ㅡ

퍼벙

…들려?

폭죽 소리.

103

괜찮아…
그러니까

이제
그만 울어.

창문이 굳게 닫혀 있어서,
그럴 리가 없는데도

폭죽 냄새가
나는 것 같았다.

불꽃이 몸을 태우다가
꺼져버리는

그 안타까운 냄새가.

♥

74

소원의 상기

점등식이 끝난 주말.

선배는
아무렇지도 않다는 듯,
웃는 얼굴로

전시 설치를 위해
학교에 나왔다.

응. 내일 발표 잘하고…
혼자 하게 해서 미안하다.

아뇨… 괜찮아요.

잘 다녀오시라 …든가…

그날 밤

꿈에 현경이가 나왔다.

꿈속의 현경이는
전처럼 나를 비난하지 않았다.

그저,

이제
안녕이라는 듯

조용히 웃으며
뒤돌아설 뿐이었다.

꿈에서 깬 나는 너무나
울고 싶은 기분이었지만

다행히

더 이상 눈물은
나오지 않았다.

나 이 작가 그림
좋아하는데.

와 이걸 어떻게
다 잘랐대…

반응이 좋네…
다행이다.

기쁜 얼굴을 해야 하는데

잘 웃어지지가
않는다.

탁

둘이서 함께 만든 작품도
제대로 쳐다보지 못하겠어.

선배가 없어서일까.

오늘 화운 선배
출국하신다며?

공항엔 안 가봐?

…내가 무슨
낯으로 거길 가.

들어가려고
하다가…

마지막으로 할 말
있어서 전화했어.

할… 말이요?

소원.

네?

내 소원 하나
들어주기로 했잖아.

75

약속

소원…

그래, 소원.

우리는 서로

돌아오실
…거예요?

당연하지.

돌아올 이유가
생겼잖아.

준비가 안 되어 있을 뿐이라고.

기다릴게요.

선배가
기다려주셨으니까…

저도… 기다릴게요

다른 남자
만나면 안 된다?

어 지금 웃었지.
웃는 소리 났다!

안 봐도 보이네
이제.

今

윤화운 주혜리

하아

나의… 장점.

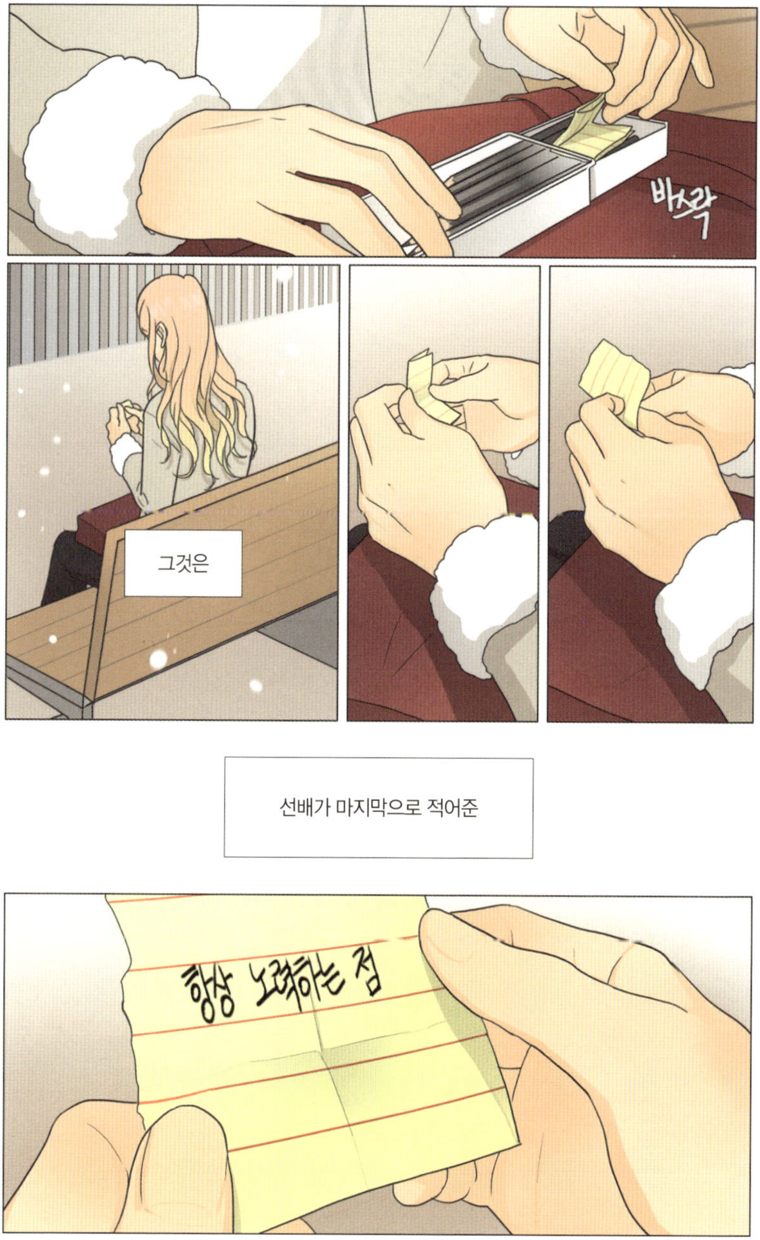

그것은

선배가 마지막으로 적어준

항상 노력하는 점

나의 장점이었다.

그 쪽지를
가슴에 새겨 넣으며

2년 후

나는 예감했다.

선배가 하얀 눈을 맞으며
돌아오는 그날까지

내가 이 필통 안의 연필을

단 한 자루도

쓰지 못할 것이란 것을.

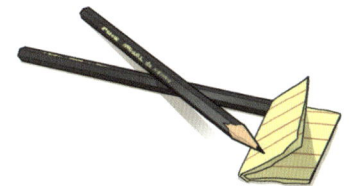

76

싸움

예상대로네.

A반 우수작은 12조가 됐군.

네…

왜 심통이 났어?

우수작 선정 못 돼서?

아뇨…

이따가 애들 쫑파티도 한다며.

반짝

그…

뭘 잘했다고 혼자
질질 짜고 그러냐고!

너 진짜
왜 그래?

뭐…?

……

율미야,
너 술 마셨어?

그래! 먹었다!

누가 아주
답답하게 굴어서

애들이 수군수군거려!
너 아까운 짓 했다고!

술 좀 먹었다!

……

근데! 나도
그렇게 생각해!

169

♥
77

익자삼우

상처받은 율미의
얼굴을 보고

나의 실언을 깨달았지만

시간을 뒤로
되돌릴 수는 없었다.

…뭣도 모르는
애가 잘난 척

이래라 저래라
말만 많아서…

참 기분
별로였겠네…

지금까지
어떻게 참았니?

아니야.

그게 아니야.

......

슥

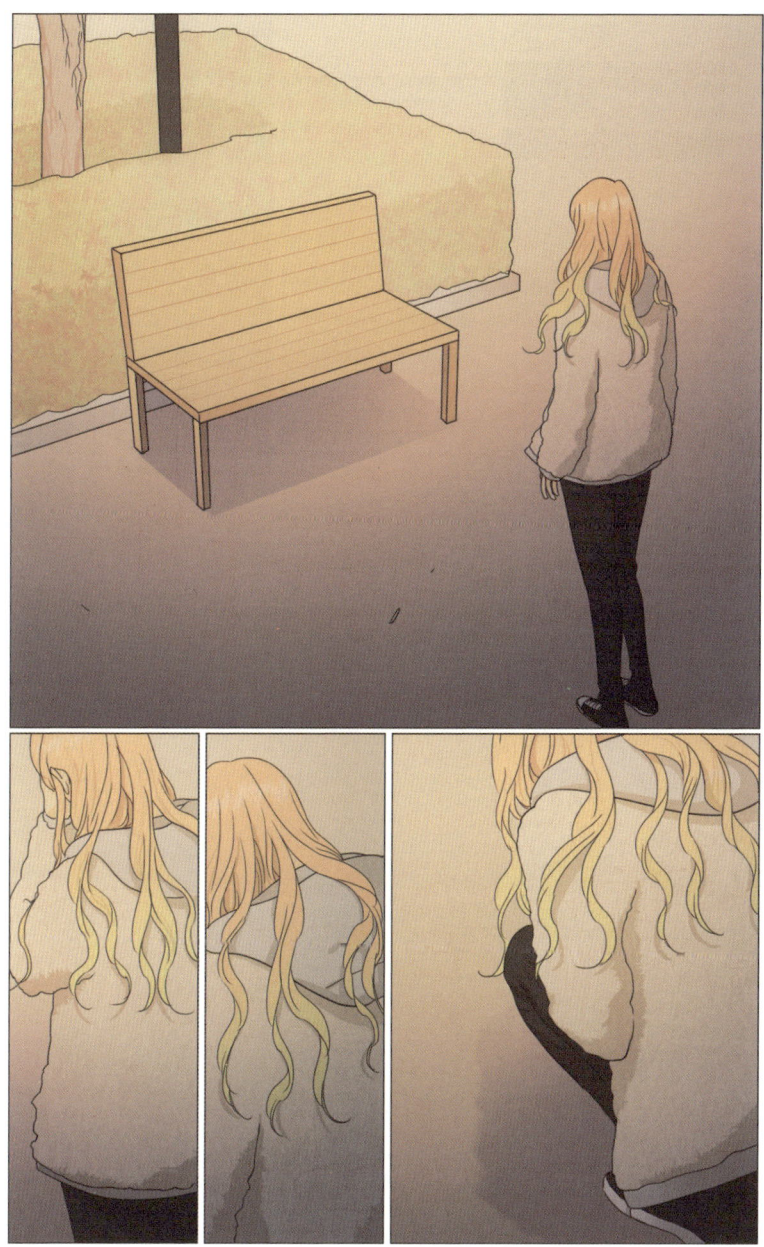

평생
그러고 살 거야?

좋은 사람 다 놓치고

평생

그렇게
살 거냐고!

파
ㅅ

이렇게

뒷모습만 보고 있으면

또 놓치게 돼.

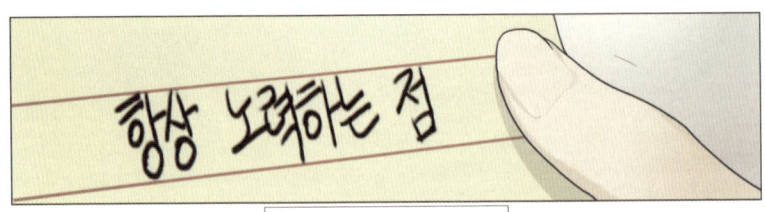

노력하기로 했잖아.

저기!
나
주혜리인데…!

부웅-

…박율미
갈 데가 뻔하지.

…?

율미야…

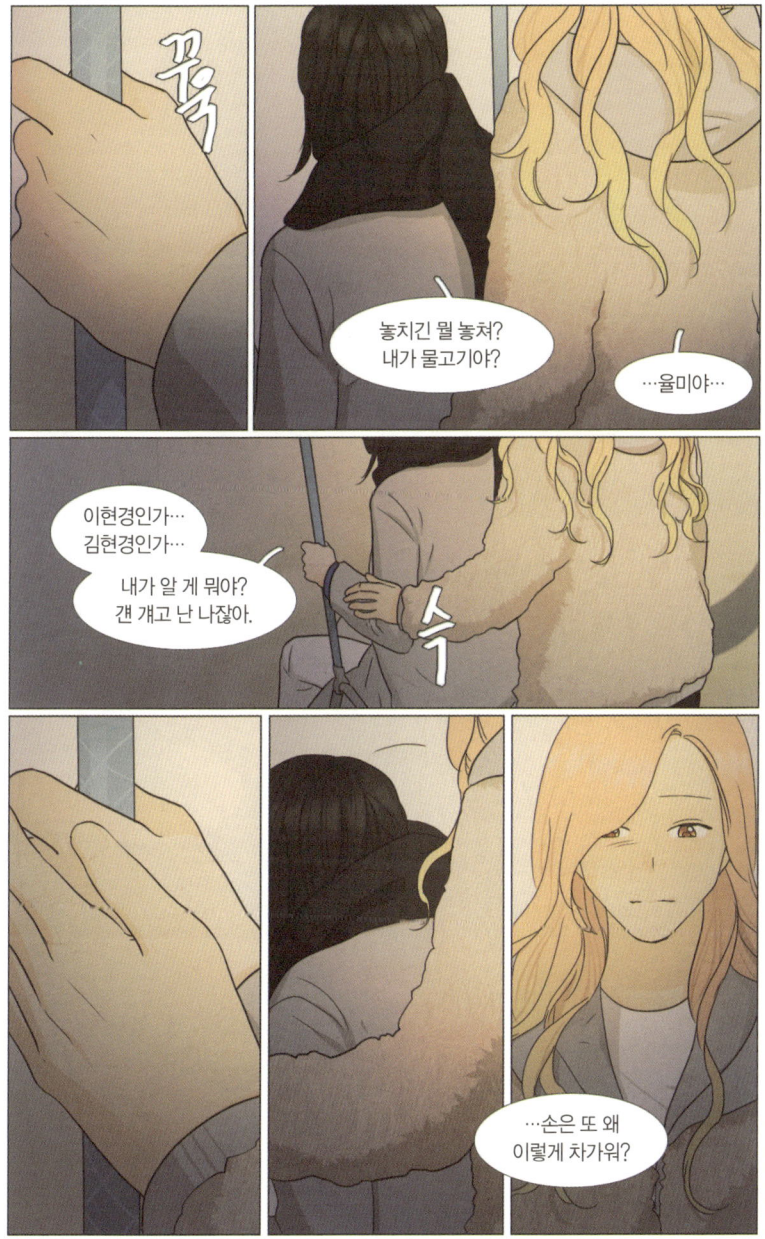

Today's 육채

알바가 늦은 새벽까지 있어서 아침에는 잡니다.

오후 알바는 호프집 서빙입니다.

적당히 자고 일어나서 어머니를 깨우고, 일을 시작합니다.

휴식시간에 가끔 박율미가 간식을 사옵니다.

아까 편의점에서 우연이 봤는데

독서실 간다고 했는데

배고팠나 보지

평화롭고도 고된 나날들.

78

화해하닭

204

205

그랬구나…

그랬구나…

그래!

야, 이 세상에
화운 선배보다

너한테 잘 어울리는
남자는 없을 거다.

2년이랬지?

야, 2년 금방 가.
진짜!

얘 군대도
엄청 길어 보였는데

이렇게 금방
나왔다니까?

79

햇빛

너 아까
전화도 안 받고
그래서

내가 얼마나
걱정했는데…
폰 잃어버린 건
아니지?

아냐 아냐.
가방에
넣어뒀었는데…

…전화
많이도 했다.

알림

부재중 전
부재중 전화 6개

나 세 번밖에
안 했는데?

응? 그럼…

톡도 많이 왔네.
답장해야…

우리집 가서
충전해.

아,
태성 선배네.
잘 들어갔냐고
전화했나 보다.

아이고
배터리!

걱정 많이
하시나 보다.
너희 조
선배지?

요즘 좀?

응... 근데
요즘 좀...

음...
아니다. 가자.

이거 입고 자.

오, 땡큐.

아, 충전기
어디 있어?

거실에 있으니까
꽂아놔.

나 먼저 씻고
나올게.

응~

싹아하

삐롱

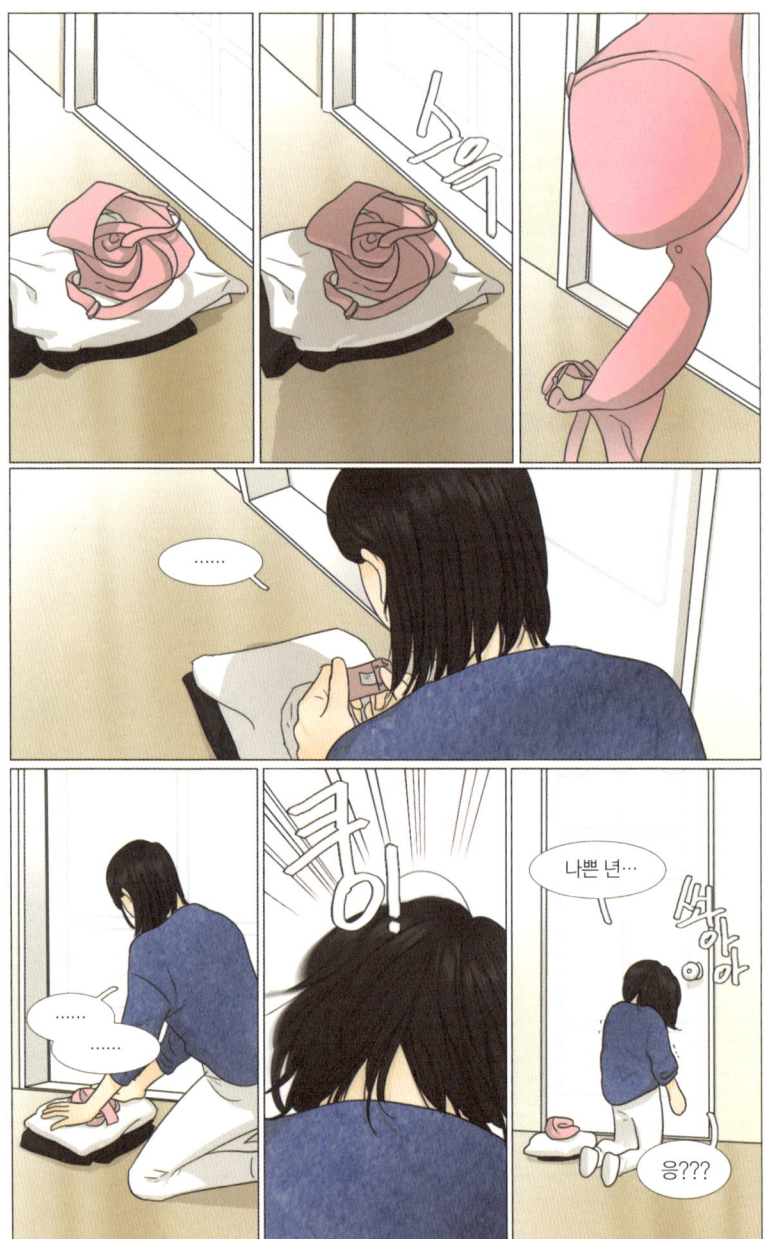

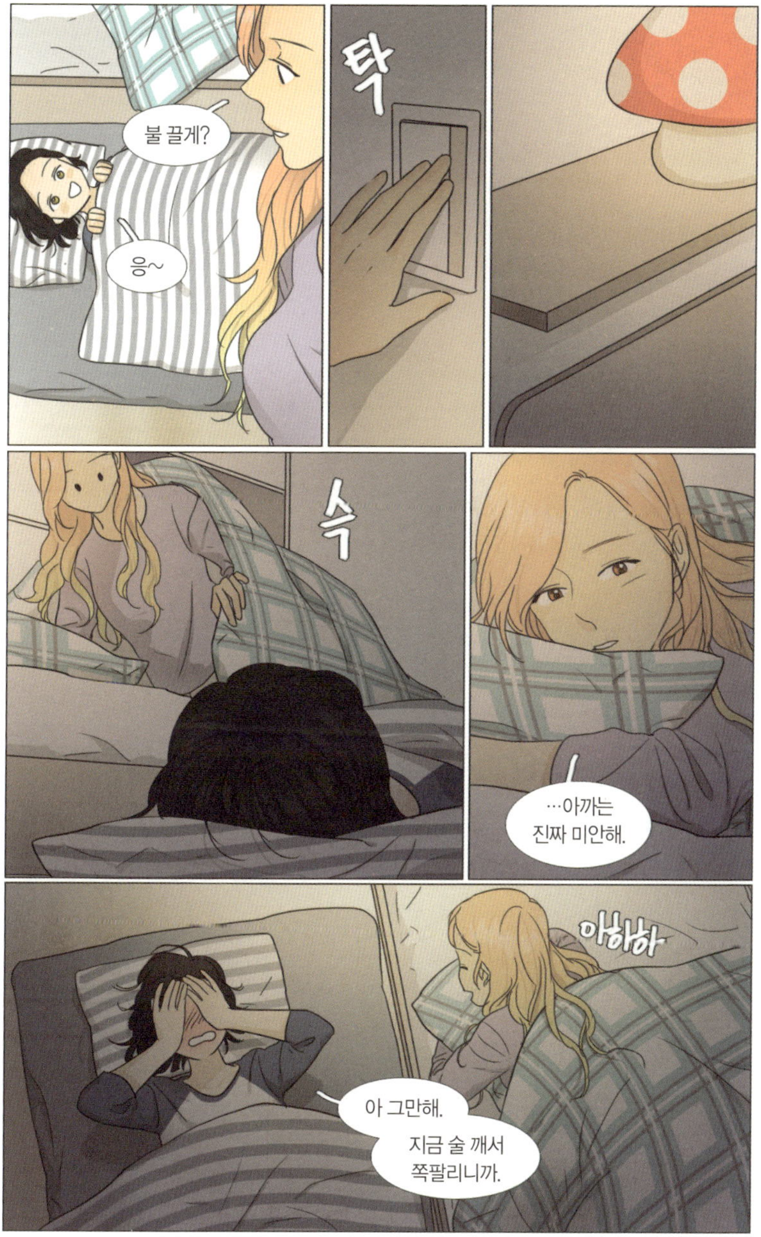
불 끌게?
응~
탁
슥
…아까는
진짜 미안해.
아하하
아 그만해.
지금 술 깨서
쪽팔리니까.

꽝

아 정말.
웃지 말구…

난 혹시 하는 맘에
기대했다고.

얘가 하라는
지 걱정은 안 하고

남 생각만 했네.
뭘 기대해?

되게 좋은 애
같았단 말야…

사실 처음엔
좀 무서웠거든.

무서워?

말도 없고…
내내 표정이

이랬잖아…
무뚝뚝하고.

그래서 좀
무서웠어, 첫인상이.

내가 아는 사람들 중에서

가장 다정한데.

그날부터 줄곧

너무나 다정했는데.

디용—

통통 쿵.

누구지?

올 사람 없는데?

화운 선배 아냐?

무슨 소리야.

아, 냉장고에서 김치 좀 꺼내줘.

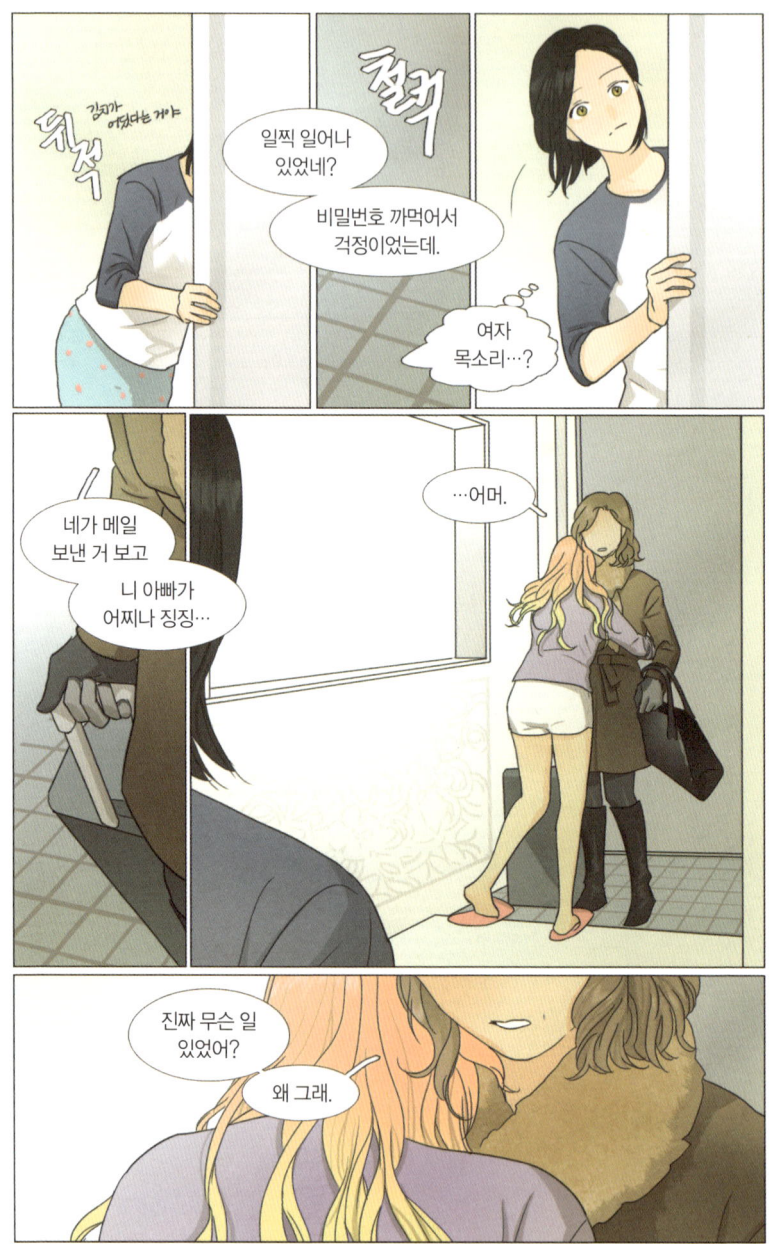

226

80

꽃, 고백

안녕하세요!

몇 시 거예요?

10분 전부터 들어갈 수 있지 않아요?

15분 남았다. 들어가 있어도 될 것 같은데.

아, 그런가.

네가 돈 드는 거
빼고!라며.

에이 그건
그냥 한 소리죠.

난 이거면
됐어.

14시 10분 8관
'사랑에 대한 모든 것'
관람자께서는 입장을
시작해주시기 바랍니다.

이런 영화는
좋아하는 사람이랑
보셔야 하는 거
아니에요?

그래서 그렇게
하고 있잖아.

……

영화가 바로 시작되었지만

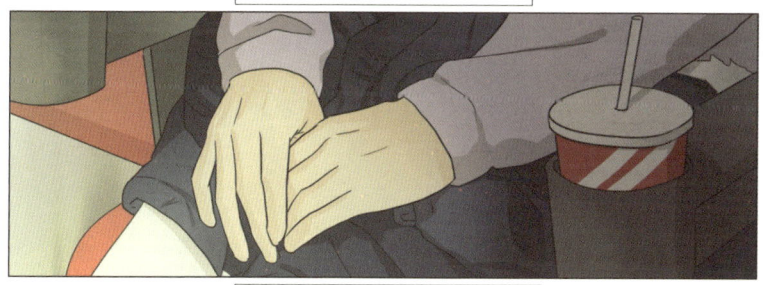

영화의 내용은 머릿속에
전혀 들어오지 않았다.

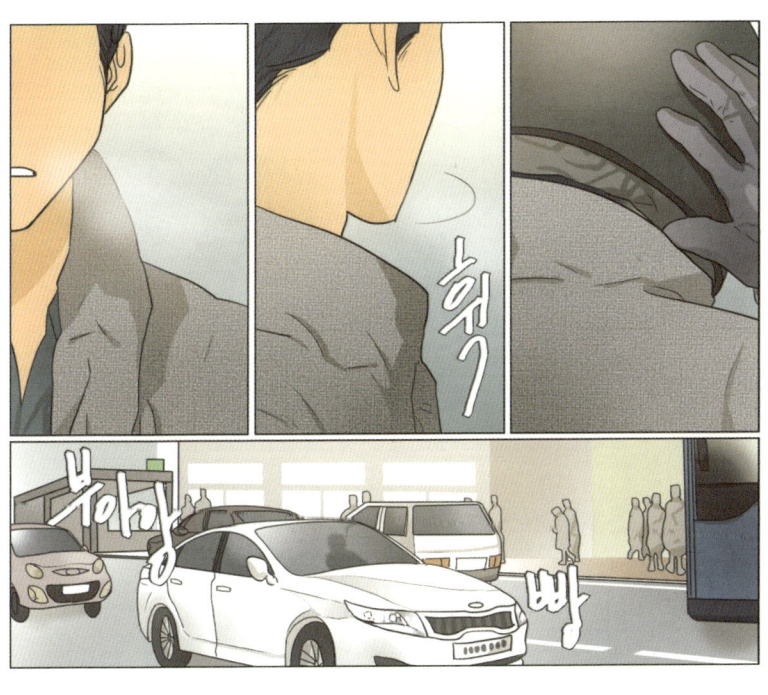

태성 선배가 싫은 건 아니야.

고백을 받은 것도
싫지는 않다.

하아…

81

저의
이야기를

어떻게
아셨어요?!

음~

하하

수업 듣는
사람들은
너 빼고
다 알걸…?

?!

히익

다 알다뇨?

수업 내내
정태성이 너를
계—속 쳐다보고
있던데.

진짜요?

강의실이란 게
생각보다 좁거든…

아…

아…

으아

그걸 다른 애들도
다— 보고 있었고.

…뭐, 그중에도
특히 눈이 가는
학생들이
있긴 하지만…

251

교수님…
설마…
태성 선배를…

너 성적 깎는다?!

이놈들 성적 어떻게 나가나 보자.

자발적으로 오랬더니
정말 한 명밖에 안 왔군…

종강했으니까요.
뭐…
안 오고 싶겠죠.

너는?

전 뭐 집도 가깝고…
가산점이라도 주실까 싶어서.

깎이면 깎였지
그런 건 없다.

핏

ㅋㅋ

그래.서.

고백은 어떻게
받았는데?

꽃…이요.

뭐?

꽃 받았다고요!
장미요!

이야—
예술인데?
정태성
다시 봤다야.

253

'안 듣는 게 좋을걸.'

이라고

교수님의 눈이 말하고 있었다.

…그럼 저한테도 열어주실 수 있나요?

상담소.

환영이지.

음…

이건 제 친구 얘긴데요…

제대로 고백
받은 건 아니고…

그 전에
어쩌다가…

알아차렸다고
해야 하나…

네… 여튼…
그랬는데요.

그런데?

그때는…

자기 일만으로도
너무 힘들고…

누구를 사귀고
하는 거 자체가

너무
버거워서…

거절을…
했어요.

82

들어주세요

눈에서
보이지 않을까?

…눈이요?

사람의 감정이
제일 잘 보이는 곳이

눈이라잖아.

눈…

뭐 굳이 눈빛이
아니더라도…

어떻게든 티가
나게 돼 있어.

잘 생각해야
할 거야.

'미안해서
좋아해준다'
라는 마음이
느껴지면…

상대방은

끔찍하게
슬퍼질 테니까.

273

어느
교수님 거?

맞다,
방학 중 멘토링
들을 거냐?

네,
신청하려고요.

스
으

음?

철컥

…가짜 꽃이
뭐가 예쁘다고.

왜? 예쁜데…
반짝반짝한 게.

넌 진짜 꽃
받았잖아.

어떻게 알아?

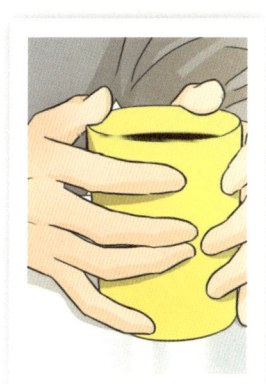

♥
83

히든트랙 1

…그래서
교수님이

나만 일을
시키시는 거야!

아… 다음 주
멘토링 시작하면

또 이상한
임원 같은 거
시키시는 건
아니겠지?

더 시달릴 것
같은데…

학기 내내 시달린 걸로
충분한데…

다음 주부터
또 학교 가?

몇 주나
하는데?

응, 종강했으니까
알바라도 할까 했는데…

그냥 졸업 준비에
올인하려고.

꽁꽁 숨겨둔 것이 있다.

꾸역꾸역
시간으로 묻어서

11:14

옷장 서랍 안에 감춰둔

작은 조각.

고2.

엄마를 조르고 졸라
미술 입시학원에 들어갔다.

같은 학교 친구들도
꽤 많이 다니던 학원이라

나는 금세
적응했다.

그러다가 눈에 띈

나와 같은 교복을
입고 있는 남자아이.

서로의 집이 꽤 가까워
조금 놀랐지만

친해지는 일은
없었다.

그러던 어느 날

사실 반쯤은

땡땡이치고 싶은
속셈이었다.

84

히든트랙 2

집까지
걸어서 20분.

내가 정말 도와주고
있는 게 맞나 싶을 정도로

애매하게 떨어져 걸었다.

성공적인
땡땡이였지만

왠지 놀고 싶은 생각은
들지 않았다.

헐 이러다가 쟤가 나
좋아하는 거 아냐?!

며칠 후
여름방학.

너
진짜 웃긴다.

'이렇게 맑게 웃는
애였구나.'

라는 생각과 함께,
눈앞에 작은 별이 스쳤다.

아, 나는 이 애를…

정욱채를
좋아하게 되겠구나…

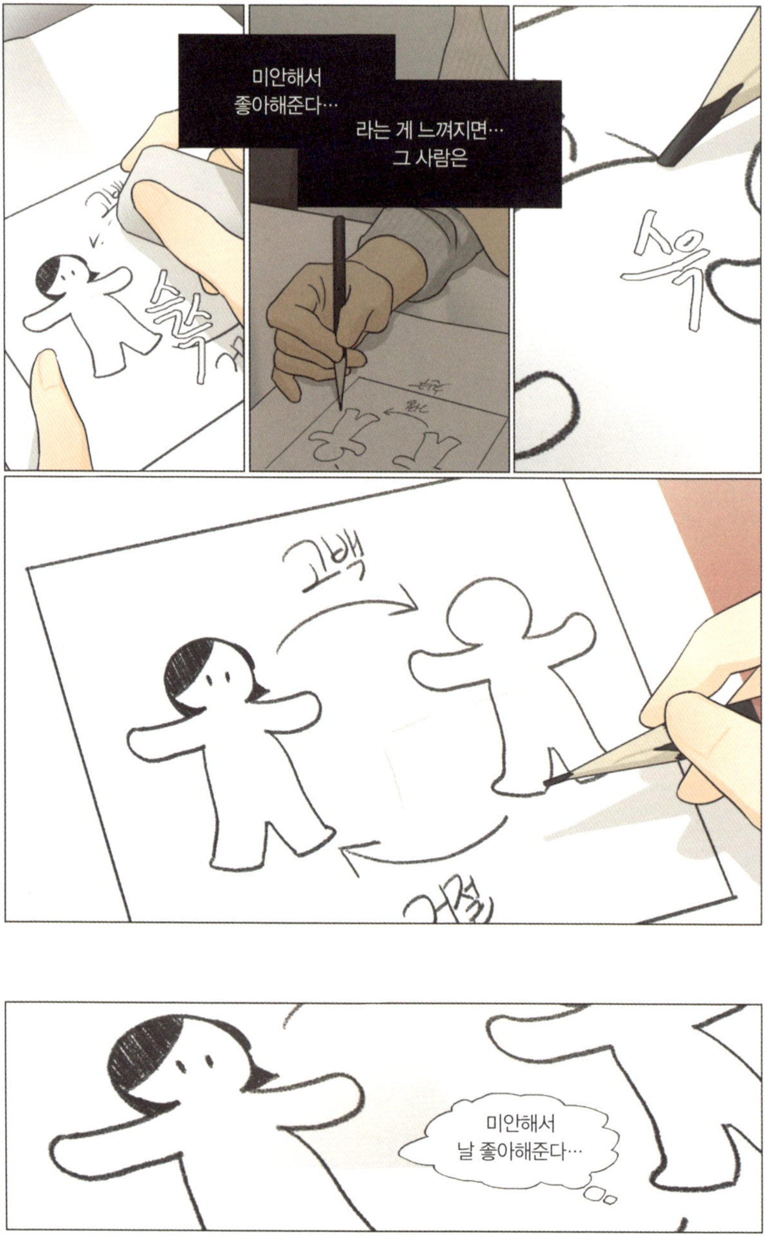

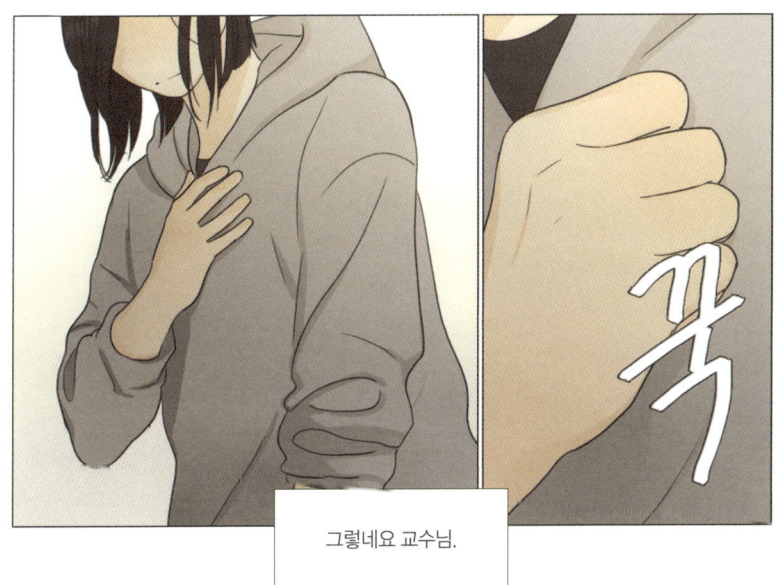

그렇네요 교수님.

정말

끔찍하게 슬픈 것 같네요.

85

히든트랙 3

그날을 기점으로

우린
꽤 친해졌다.

327

언제나

…우리 부모님 이혼하셨거든. 얼마 전에.

성실하고 담담하게 대답해주었다.

……

내놔. 낑낑대지 말고.

아, 아냐. 됐어. 나 힘세.

열심히 고른 선물을
준비했던 그날.

욱채는
오지 않았다.

왜 안 오지…

쌤, 정욱채
오늘 안 와요?

아, 욱채…
쉰다더라.

한두 달 정도
못 나올 것
같다고 하던데.

…네?

집안 사정이라고만
하는데… 아휴…

♥

외전

멀리 있어도

6권에서 만나요~ ♥

5. 빛이 될 수 있기를

초판 1쇄 인쇄 2016년 11월 10일
초판 1쇄 발행 2016년 11월 20일

글 미울 **그림** BV
펴낸이 연준혁

출판 7분사 분사장 김은주
편집 최유연 **디자인** 김준영

펴낸곳 (주)위즈덤하우스 **출판등록** 2000년 5월 23일 제13-1071호
주소 경기도 고양시 일산동구 정발산로 43-20 센트럴프라자 6층
전화 031)936-4000 **팩스** 031)903-3891
홈페이지 www.wisdomhouse.co.kr

ISBN 978-89-5913-079-5 17810
ISBN 978-89-5913-821-0 (SET)
값 11,000원